LETTRE

A MONSIEUR THIERS.

LETTRE

A MONSIEUR THIERS,

SUR LE QUATRIÈME LIVRE

DE

LA PROPRIÉTÉ;

PAR

UN FINANCIER DE VILLAGE.

A PARIS,	A NIMES,
Chez **M. GIRAUD**,	Chez **M. GIRAUD**,
Libraire, rue de la Seine, 51.	Libraire, boul. de la Magdelaine.

Janvier 1849.

1849

Nimes, Typographie A. BALDY et Comp., rue Sainte-Ursule, 4.

LETTRE

A MONSIEUR THIERS,

SUR LE QUATRIÈME LIVRE

DE

LA PROPRIÉTÉ.

———————————

Vous me trouverez, sans doute, bien téméraire, moi, obscur et bien subalterne financier, d'oser me prendre corps à corps à un athlète de votre force, mais je suis aussi un vieux soldat de la grande époque, et, malgré mes cheveux blancs, il est des dangers que je puis encore braver.

La lecture de votre dernier ouvrage n'a fait qu'accroître mon admiration pour votre immense talent; mais quelle que soit la confiance que je suis disposé à accorder aux hommes qui, comme vous, ont donné tant de preuves de leur supériorité, j'aime à ce qu'ils me laissent convaincu. Or, j'ai eu beau lire et relire votre quatrième livre *sur l'impôt*, il m'a semblé que vous tiriez de vos lumineuses théories financières des conséquences diamétralement opposées à ce qu'elles devraient être.

Vous pensez qu'aucune de ces innovations qui ont été offertes par leurs auteurs comme les meilleurs moyens de combler le déficit du trésor, et de nous procurer un budget normal avec des excédents de recettes, ne sont praticables ; vous croyez qu'il n'y a rien à modifier dans l'assiette ou la répartition de l'impôt, et vous paraissez vouloir laisser, au temps, aux économies, au retour de la confiance et du crédit, opéré par la sécurité, le soin de réparer tout le mal qui a été le premier et déplorable effet des évènements de Février. Vous semblez vous être voué à la défense de cette temdorisation, de cet optimisme qui ont perdu la monarchie de juillet et que le comité des finances, sur lequel vous exercez une si grande influence, parait vouloir continuer.

Auteur d'un de ces projets', je ne puis partager votre opinion, si je ne suis pas assez heureux pour vous convaincre que vous devez modifier la vôtre, j'ai au moins l'espérance de fixer assez votre attention, pour que vous me fassiez l'honneur de chercher à me convaincre que c'est moi qui suis dans l'erreur.

Avant de mettre en présence votre système et le mien, et de chercher à prouver que c'est ce dernier qui doit être le résultat de vos propres théories. Jetons, d'abord, un regard en arrière, il est nécessaire pour bien faire comprendre les besoins du présent comparés à ceux du passé.

Les véritables fondateurs de la démocratié en France, ne sont pas les républicains de la veille, ce sont les philosophes du 18.ᵉ siècle dont les premiers efforts produisirent, la révolution de 89. Mais entre le régime du bon plaisir et celui de la loi, entre le règne des courtisannes et celui de l'opinion, la distance était trop grande pour pouvoir être franchie d'un seul bond. Trop de graves intérêts étaient engagés dans la lutte pour qu'elle ne fut pas longue et terrible, la victoire devait être chèrement achetée; mais elle ne pouvait être douteuse, elle devait se fixer du côté du plus grand nombre, quand ce plus grand nombre serait assez éclairé pour connaître ses droits et ses vrais intérêts. Vouloir aujourd'hui lui arracher cette victoire, c'est vouloir prolonger une lutte aussi dangereuse qu'inutile, et je suis loin de croire, Monsieur, que vous en ayez la pensée. Aussi, vais-je écarter tout-à-fait la question politique pour ne m'occuper que de l'impôt qui fait le sujet du 4.ᵉ livre de votre ouvrage.

Mais si entre l'ancien régime et celui que nous avons à fonder, il y a toute la distance qui sépare le règne des courtisannes de celui de l'opinion, n'est-il pas logique d'admettre qu'il doit y en avoir une bien grande dans la physionomie générale de la nation entre les deux règnes, et surtout dans la situation de la fortune publique sur laquelle le système d'impôts doit être basé? Or, si nous reconnaissons que la différence dans cette situation entre les deux époques est telle qu'elle doive faire naître la nécessité d'une modification dans l'assiette de l'impôt, il faut bien s'y résigner. Voyons donc ce qu'était la fortune publique avant 89, et ce qu'elle est aujourd'hui.

Avant la Convention, la population française était de 8 ou 9 millions d'âmes, moins divisée qu'aujourd'hui, la propriété était presque entièrement entre les mains du clergé ou de la noblesse qui, n'étant stimulés, ni par la concurrence, ni par le besoin, laissaient l'agriculture se traîner dans le sentier de la routine. Ses produits étaient infiniment moindres, aussi, n'est-il pas rare d'entendre parler de propriétés qui se vendent aujourd'hui cinq et six fois autant que ce qu'elles ont coûté alors. N'est-ce donc pas là un fait qui mérite déjà quelque attention ?

Mais si la fortune immobilière, qui aujourd'hui est évaluée à 50 ou 60 milliards, n'était que de 10 ou 12 avant la Convention ; l'augmentation est bien plus forte sur la fortune mobilière.

Cette dernière se compose :

1.º Du numéraire en circulation ;

2.º Des titres de la dette publique, dont les intérêts sont servis par l'Etat, par les départements, les communes, etc. ;

3.º Des actions industrielles ;

4.º Des créances hypothécaires ;

5.º Des valeurs de circulation ou de crédit commercial, formant l'actif des banquiers, notaires, capitalistes, etc. ;

6.º Des marchandises, navires, usines, machines formant l'actif des industriels et commerçants ;

7.º Enfin, des meubles, bijoux, argenterie, dorures, diamants, etc.

Il me serait difficile dans la position plus que modeste que vient de me faire le commissaire de M. Ledru-Rolin, après 43 ans de services consciencieusement employés, de me procurer les documents nécessaires pour apprécier, même approximativement, ce qu'était avant ou au temps de la Convention la fortune mobilière de la France, je ne puis même que consulter ma mémoire pour fixer, d'après les documents statistiques épars dans les journaux, le chiffre de ce qu'elle est à peu près aujourd'hui. Je réclame donc l'indulgence, si ceux que je vais poser ne sont pas très-exacts.

A l'époque de la Convention la somme du numéraire en circulation était bien moins forte que de nos jours.

Le chiffre de la dette publique ne s'élevait pas, je crois, à deux milliards, il est aujourd'hui de 7 ou 8.

Il n'y avait, pour ainsi dire, point d'actions industrielles, elles s'élèvent aujourd'hui à 4 ou 5 milliards.

Les propriétés, presque toutes possédées par le clergé ou la noblesse, étaient insaisissables, indivisibles, inattaquables, et d'autant moins passibles d'inscriptions hypothécaires, que ceux qui les possédaient avaient plus de superflus que de besoins. De nos jours, ce genre de créances est évalué à 14 ou 15 milliards.

Le commerce et l'industrie étaient à peu près nuls, et avant Février on portait à 10 ou 12 milliards les valeurs de circulation ou de crédit.

Enfin, les marchandises, navires, usines, machines, meubles, bijoux, argenteries, dorures, diamants, etc. A qu'elle somme faudrait il les fixer pour la première époque ? Je l'ignore ; mais pour la seconde, il n'y aurait probablement pas d'exagération à en porter le chiffre à 20 ou 30 milliards.

Il est donc démontré que si la fortune immobilière a plus que quintuplé depuis 93, la fortune mobilière s'est accrue dans une proportion encore plus forte, et que la seconde égale au moins la première si elle ne lui est supérieure. Voyons dans qu'elle proportion elles participent aux charges publiques dans l'état de notre législation actuelle.

La propriété paie 280 millions d'impôts ; les capitaux et les meubles n'en paient que 75, puisqu'ils ne sont atteints que par la contribution des portes et fenêtres, 35 millions, et par la mobilière qui est d'environ 40, attendu que pour la personnelle qui est un impôt de quotité il faut en distraire au moins 20 des 60 demandés annuellement pour la personnelle et mobilière. Nos législateurs, sans s'écarter de cette justice distributive, qui doit être la règle de leur conduite toutes les fois qu'il s'agit de la fortune et du bien-être des contribuables, ne peuvent donc se dispenser de demander au moins 200 millions aux capitalistes ; si même cette vérité ou cette justice que j'ai proclamée long-temps avant la révolution de février eût été reconnue plutôt, peut-être le trésor ne serait-il plus en déficit et la révolution n'eut pas eu lieu.

Vous dites au chapitre II du livre IV : *L'Impôt doit être proportionné aux facultés de chacun, et par les facultés il faut entendre, non-seulement ce que chacun gagne, mais ce que chacun possède.* Ne conviendrait-il pas d'y ajouter le mot *réellement* ? Plus loin vous dites : *On doit donc l'impôt suivant le revenu de son travail et suivant le revenu de ses biens transmis ou acquis,* et vous ajoutez : *Voilà ce qu'on entend par la proportionnalité de l'impôt.* On ne peut que partager une opinion aussi sage, mais à la condition que toutes les parties du revenu, soit qu'ils proviennent *du travail ou des biens transmis ou acquis,* pourront être atteintes ; si, au contraire, il existe dans notre législation fiscale, des lacunes qui permettent de soustraire à l'impôt la majeure partie des revenus, n'est-il pas nécessaire de combler ces lacunes ?

Vous consacrez le chapitre III du même livre, à prouver que l'impôt doit être proportionnel et non progressif. Je ne suis ni communiste ni socialiste, je repousse jusqu'à trouver criminelle toute doctrine ayant pour but ou pour prétexte le nivellement des conditions sociales autrement que comme Dieu lui-même l'a voulu. Or, en permettant qu'il y ait dans le monde des Thiers et des idiots, des hercules et des Thom-Pouces, ne semble-t-il pas avoir posé les bases et les limites du bien-être ? Cependant, j'avoue mon erreur, si erreur il y a ; je suis partisan de l'impôt progressif, dans de sages limites, et des bons hypothécaires, non de ceux qui viennent de succomber sous les coups que vous leurs avez portés dans un discours que nous examinerons tout à l'heure, mais de ceux qui avaient été imaginés par la société de la Banque nationale immobilière, dont le projet avait été si judicieusement amendé par des hommes spéciaux et d'une haute intelligence. Il y a lieu d'espérer que vous ne les avez pas difinitivement enterrés.

Vous ne nierez pas, je pense, que dans l'état actuel de notre législation fiscale, l'homme, qui a des allures modestes et une habitation simple, peut soustraire sa fortune mobilière, quelque importante qu'elle soit à la participation des charges publiques *dans la proportion de son revenu, soit qu'il provienne de son travail ou de ce qui lui a été transmis, ou de ce qu'il a acquis.* Et si votre principe, quelque juste qu'il soit, ne peut être mis en pratique, qui faut-il en accuser ? N'est-ce pas ceux qui ont fait la loi, qui n'ont pas su étudier et reconnaître les signes qui révèlent l'existence de la fortune mobilière partout où elle se trouve ? N'allez pas croire que je vais demander que les capitaux soient imposés, ce serait plus qu'une faute en économie politique, je n'en serai pas complice ; mais je dis qu'on doit avoir recours à tous les moyens possibles pour les atteindre, et, à cette fin, qu'il faut étudier tous les signes qui peuvent en révéler l'existence. Ce serait ici le cas de répéter les profondes théories que vous exprimez si bien sur la diversité des impôts en général, leur manière de fonctionner, la nécessité qu'ont reconnu tous les gouvernements de les multiplier pour les rendre plus légers, et augmenter ce que vous appelez leur *diffusion*, etc.; mais elles ne pourraient que perdre en sortant d'une plume aussi peu exercée que la mienne. Je préfère renvoyer le lecteur à votre ouvrage, me bornant à en tirer cette conséquence, que ce doit être à l'homme d'état financier qu'a voulu s'adresser la science des nations, en disant qu'il faut savoir écorcher l'anguille sans la faire crier.

Dans le système financier que j'ai publié dans *La Liberté pour tous* des 13, 15 et 17 septembre, 15 et 17 novembre dernier, j'ai demandé l'impôt progressif foncier, mais ce n'est qu'à *titre de supplément* que je l'ai demandé, comme vous dites que les anglais ont établi l'income-tax. Fidèle au principe que j'ai posé, et d'après lequel dans une société bien organisée, les charges publiques doivent être réparties dans la proportion de l'intérêt que chacun peut avoir à sa conservation, et de manière à respecter le nécessaire pour porter de préférence sur le superflu; je trouve un des signes qui révèlent les capitaux dans les grosses cotes foncières, et c'est à celles-là que je demande une surtaxe qui serait probablement prise sur le superflu du contribuable, je ne demande rien aux cotes au-dessous de 100 fr., qui sont ordinairement prises sur le nécessaire, et fort peu de chose à celles de 100 à 1,000 fr. On fait à ce système une objection naturelle et bien fondée, c'est qu'il ne manque pas de gens qui sont riches en propriétés, mais qui ont plus de dettes que de capitaux. Cette fausse position est presque toujours l'effet du désœuvrement, des dépenses exagérées ou d'une mauvaise gestion. Contraindre ceux qui s'y trouvent, à la liquider par la vente d'une partie de leurs propriétés, c'est produire plusieurs effets aussi heureux pour eux que pour la société. Ils auront l'aisance au lieu d'une fausse opulence, et la partie vendue de leurs propriétés, au lieu de rester négligée et souvent improductive, sera livrée au morcellement ; cultivée par des bras laborieux dont elle récompensera le travail, elle augmentera la fortune publique et renforcera cette classe moyenne qui est la sauve-garde de notre organisation sociale contre les théories du désordre, et, qu'à ce titre, nos institutions ne sauraient trop protéger.

Vous donnez à entendre (chapitre vi) que l'impôt progressif ne produirait rien, et pour en convaincre vous donnez un tableau statistique que je ne comprends qu'en en faisant l'application la plus concluante en faveur de mon système.

Vous dites : *Sur 11 millions de cotes foncières, il y en a 5 millions au-dessous de 5 francs ; 1,751 mille de 5 à 10 francs ; 1,500 mille, de 10 à 20 francs, et seulement 13 mille au-dessus de 1,000 fr.* Si j'additionne tous ces chiffres, je trouve un total de 8,264 mille cotes, il en manque donc 2,736 mille pour parfaire ces 11 millions.

Mais, si je compte bien, le déficit serait bien plus fort sur les 280 millions d'impôt foncier, que sur le nombre de cotes ; car, si pour vous faire beau jeu, je porte à 4 fr. les 5 millions de cotes au-dessous de 5 fr., je trouve un produit de. . . . . 20,000,000 fr.
à 8 fr., les 1,751 suivantes. 14,008,000
à 15 fr., les 1,500,000 autres. 22,500,000
pour les 13,000 restant à 1,000 fr. . . 13,000,000

Total . . . . . 69,508,000 fr.

Il manque donc pour parfaire les 280 millions auxquels s'élèvent les rôles de la contribution foncière, la somme de 210,492,000 fr. qui ne peut être payée que par ceux, à qui je demande une surtaxe et dont la cote excède 1,000 fr. J'ai manié des rôles pendant 30 ans, j'ai même fait des supputations sur quelques-uns, pour m'édifier sur le produit de l'impôt progressif que je propose, et je crois pouvoir avancer que tout modéré qu'il est, il ne produirait pas moins de 80 ou 100 millions·

Mais dites-vous, *vous êtes modéré*, et si des circonstances imprévues vous forçaient de cesser de l'être, *prenez garde, le peuple souffre, il s'agite, il faut un milliard*. A cela je réponds, si une Assemblée nationale était subjuguée, asservie à je ne sais qu'elle influence, si elle votait sous l'impression d'une urgence produite par l'émeute, elle abuserait aussi facilement du chiffre de la proportion, que de celui de la progression; mais elle ne ferait probablement ni l'un ni l'autre, elle aurait recours à un emprunt forcé, qui n'est autre chose que la cote personnelle arbitrairement fixée.

Vous qualifiez de spoliateur tout espèce d'impôt progressif; mais prenez garde, il ne faut pas plus abuser des mots que des choses; l'abus des mots c'est le sophisme qui amène l'abus des choses. Or, si je ne me trompe, tout impôt qui respecte le capital et n'affecte que le revenu, peut être exagéré, mais ne saurait être qualifié de spoliateur, et il n'est pas exagéré quand, comme celui que je propose, il doit être pris sur le superflu en respectant le nécessaire.

Vous voulez que chacun paie en proportion *non-seulement de ce qu'il gagné, mais encore de ce qu'il possède;* vous comparez *la société à une compagnie d'assurance à laquelle on paie une prime proportionnée à la somme des propriétés assurées*, mais la propriété mobilière n'est-elle pas aussi bien assurée pour nos institutions que la propriété immobilière; pourquoi cette différence dans la somme de leurs charges respectives? Je ne vous demande que l'application de votre propre principe, la *proportionnalité de l'impôt* en proposant une cote progressive sur les grands propriétaires, puisque, à moins de désordre ou d'une mauvaise gestion qui produisent une position exceptionnelle et essentiellement temporaire, plus une cote foncière est élevée, et plus elle révèle chez celui qui la paie la possession d'une fortune mobilière. Ce n'est donc pas sur la propriété que pèserait la progression telle que je l'entends, mais sur les capitaux. Or, les capitaux se composent d'économies sur le revenu, les économies sont le superflu, c'est donc le superflu et non pas le nécessaire que j'attaque.

Quand la Convention a fixé les bases de notre système fiscal, il n'y avait pour ainsi dire en France, point de fortune mobilière, et cependant, elle avait pensé à l'atteindre par la loi du 7 fructidor an III, qui ne pouvait que rester sans résultat. Mais cette fortune mobilière s'est accrue insensiblement, au point d'arriver aujourd'hui à un chiffre égal et même supérieur à la fortune immobilière. Si on avait remarqué plus tôt cet accroissement, et qu'on eût tiré de cette remarque les conséquences qu'on devait en tirer, on eut peut-être préservé la France et même l'Europe de tous les désordres qui nous affligent. Savez-vous quelle est la véritable cause de la différence que vous remarquez entre notre régime fiscal et celui de l'Angleterre; elle est dans le chiffre de la proportion entre la fortune immobilière et la fortune mobilière. En Angleterre, le chiffre de la dette publique excède à lui tout seul celui de la valeur foncière des trois royaumes, en France il n'en est que le dixième ; en Angleterre, le chiffre des autres valeurs mobilières est peut-être vingt fois aussi élevé que celui de la valeur des propriétés ; en France, il n'est qu'à peu près égal, et nous commençons seulement à entrer dans cette voie que vous d'écrivez si bien et qui consiste à chercher à compléter ce que vous appelez la *diffusion* de l'impôt, qui tend à le rendre en quelque sorte volontaire, et le fait supporter, d'une manière presque insensible. Pensez-vous que si la propriété eût été aussi divisée en Angleterre que ce quelle l'est en France ; sir Robert Peel n'eut pas établi une contribution foncière même *progressive* plutôt que l'income-tax ? Gardez-vous d'en douter.

Je crois en avoir dit asez pour prouver que la part contributive de la fortune mobilière, dans les charges publiques, devrait être au moins égale à celle qui grève la propriété. Si vous m'accordez le principe, vous m'accorderez, j'espère, la conséquence ; et il ne restera plus qu'à surmonter la difficulté qui jusqu'à présent a fait reculer nos législateurs devant cette tâche. Le seul moyen qu'il y ait, à mon avis, de surmonter cette difficulté, c'est d'étudier tous les signes qui révèlent l'existence de cette fortune mobilière, afin de pouvoir l'atteindre partout où elle se trouve.

Voyons donc où il faut chercher ces signes ; jusqu'à présent je n'en trouve que trois : le revenu, les grosses cotes foncières et le luxe.

Le revenu ; je suis tenté de le méconnaitre quoique ce soit le seul que vous ayez admis jusqu'ici, à moins que vous n'en rendiez les grosses cotes progressives comme je le propose pour les cotes foncières.

1.º Parce qu'il est, pour les petits revenus, contraire à mes principes, qui sont que l'impôt doit autant que possible respecter le nécessaire pour n'affecter que le superflu ;

2.° Parce que, pour qu'il soit efficace, je crois qu'il faudra que la loi autorise des investigations inquisitoriales, qui me paraissent immorales et pouvoir causer la ruine des familles en divulgant le secret de leurs affaires.

Les grosses cotes foncières, j'ai déjà dit pourquoi je demande pour elles une surtaxe, c'est-à-dire une progression dans la vue d'atteindre la fortune mobilière dans la proportion de ce qu'elle est en réalité, et j'ajouterai que cette progression aurait encore un autre résultat fort important, celui d'atteindre cette classe de riches qui vivent comme des pauvres, fort nombreuse aujourd'hui, et le deviendra toujours davantage; il faut le prévoir, qui à le bon esprit de se livrer à l'agriculture, mais qui quelquefois pousse à l'excès cette prédilection pour la propriété qui peut causer sa ruine, qui, par la simplicité de ces goûts, échappe aux taxes somptuaires, comme à celles de consommations en ne consommant que ce qu'elle produit.

Le luxe, c'est ici, Monsieur, qu'il est à craindre que nous ayons à croiser le fer ; car vous ne paraissez pas partisan des impôts somptuaires. Si vous l'étiez, vous ne vous seriez pas contenté de leur consacrer quelques lignes, et vous auriez compris qu'ils pouvaient fournir à votre brillante verve, le sujet des plus belles pages de votre ouvrage. Vous nous avez si bien fait comprendre comment l'impôt, quel qu'il soit, quand il est sagement reparti, n'est qu'une avance faite au trésor qui retombe toujours sur le consommateur au profit du producteur, comment il opère, comme la lumière qui éclaire, par sa diffusion, les objets qu'elle n'atteint pas par le rayonnement, comment pour arriver à ce résultat, le législateur doit chercher à augmenter le nombre des objets susceptibles d'être im-

posés ; comment le meilleur, le plus léger des impôts
est celui qui est en quelque sorte volontaire, enfin
vous nous avez si bien initié, à la science économique
que mon intelligence se refuse à comprendre, comment vous avez laissé une pareille lacune dans un pa-
reil ouvrage , fait pour désespérer tous nos utopistes,
et dont on devrait exiger la parfaite connaissance de
tous les jeunes gens qui sortent des collèges pour em-
brasser les diverses carrières des professions libérales.
Je reconnais mon insuffisance pour combler cette lacune sous le rapport de la théorie, mais, sous celui
des chiffres , vous me faites trop beau jeu pour que je
n'en profite pas.

Vous dites que les impôts somptuaires en Angleterre où les riches sont plus riches qu'en France, ne
produisent que 30 millions et n'en produiraient que
10 chez nous. Veuillez prendre la peine de relire les
lois du 7 thermidor an iii et 22 thermidor an iv, et
vous partagerez avec moi la conviction que le premier article que ces lois imposent, par un tarif qui
pourrait être conservé aujourd'hui , pour cet article
seulement , en produirait à lui tout seul 40 ou 50.
Ce premier article, c'étaient les cheminées de luxe à
raison de 5 fr. pour la première, 10 fr. pour la seconde , 15 fr. pour la troisième et les suivantes dans
les villes de 50 mille âme, et au-dessus ; la moitié de
ce tarif pour celle de 15 à 50 mille ; le quart dans
toutes les localités au-dessous de 15 mille âmes. Si
vous montiez un jour dans la mansarde du pauvre ,
peut-être reconnaîtriez-vous , à la vue de tous ces
tubes dont les exhalaisons obscurcissent l'horison et
fertilisent les champs , que Paris, à lui tout seul, paie-
rait pour cette seule taxe les 10 millions dont vous
parlez ; elle ne serait cependant pas plus difficile à

établir et à percevoir que celle sur les portes et fenêtres que nous payons depuis 55 ans sans sourciller.

La taxe sur les domestiques, affectés au service per-
sonnel, produirait à-peu-près la même somme, s'il est
vrai, comme le disent les statistiques, qu'il y ait quatre
ou cinq millions de domestiques en France, et sans
que sa perception donnât lieu à plus d'inconvénients.

Pensez-vous que l'homme de la classe moyenne qui,
par son travail, réussit à se faire deux ou trois mille
francs de revenu, refuserait à sa femme l'aide d'une
servante parce qu'il lui en coûterait 5 fr. d'impôt,
que celui qui peut avoir un domestique homme s'en
priverait parce qu'on lui en demanderait 20 fr. ? Que
l'homme riche, enfin, diminuerait son état de maison
parce que son second et son troisième domestique lui
coûterait un peu plus cher ?

Pensez-vous que les membres du Jokey-club, qui
dépensent plus d'argent, dans un jour, que n'en
dépensaient jadis, dans un an, les membres du con-
seil des cinq-cents ou des anciens, qui font manger
leurs chevaux dans des crêches de marbre, et des râ-
teliers en bois d'acajou, les renverraient à la charrue,
parce qu'ils auraient à payer une taxe de 20 fr. pour
le premier, de 40 pour le second, etc. ? Qu'ils renon-
ceraient à leurs élégants tilburys, parce qu'ils leur en
coûterait 25 fr. d'impôt ? Et vous, Messieurs, pour
faire une économie de 80 ou 100 fr. vous priverez-
vous de cette voiture qui vous porte à l'Assemblée nationale, en vous permettant de vous préparer à
cueillir les nouvelles palmes parlementaires que vous
allez ajouter à tant d'autres palmes ?

Croyez-vous que le chasseur renoncerait à sa passion
parce qu'on lui demanderait un impôt de 10 fr. pour
son chien et de 30 s'il en a plusieurs ? Une pareille tax-

ne serait-elle pas, au contraire, un auxiliaire puissant de la dernière loi sur la chasse déjà tombée dans l'oubli ?

Les lois de l'an III et de l'an IV ne pouvaient imposer comme en Angleterre les titres de noblesse, les armoiries, les livrées, les distinctions sociales, tout cela avait disparu. La nouvelle République vient d'imiter la première. N'aurait-il pas mieux valu les vendre et les imposer que de les supprimer ? Les constitutions de majorats, ce mauvais rêve de l'empire, malgré les droits élevés du sceau, nous ont appris que ces articles trouveraient encore des consommateurs ; on a déjà réformé un si grand nombre d'erreurs du gouvernement provisoire que je ne désespère pas de voir revenir sur celle-là.

Les mêmes lois contenaient aussi une disposition aussi juste que philanthropique, elles voulaient que la cote somptuaire des célibataires, hommes et filles, des veufs et veuves sans enfans, fut augmentée d'un tiers.

On a fait à ces lois quelques reproches fondés ; mais ce sont leurs tarifs qui les méritent, or c'est le principe que j'en invoque, et non les tarifs qui peuvent être facilement modifiés de telle sorte qu'ils n'aient aucun des inconvéniens qu'on y a remarqués.

On a dit que ces lois avaient été supprimées parce qu'elles n'avaient rien produit. Il eut été fort surprenant qu'elles eussent produit quelque résultat pour le trésor ; car le luxe n'existe que là où il y a du superflu ; et qui avait du superflu en l'an III, quand tous ceux qui avaient pu en avoir jusqu'alors l'avaient expié sur l'échafaud, dans les prisons, ou dans l'exil ? Pour me convaincre qu'elles ne produiraient rien aujourd'hui, il faudrait d'abord qu'on me démontrât l'inexactitude de ce que j'ai dit de la différence qu'il y a entre la fortune publique du temps de la Convention et celle d'aujourd'hui.

Les impôts somptuaires tueraient le luxe, dit-on encore; ce n'est pas vous, Monsieur, qui soutiendrez une pareille thèse, dont je ne trouve aucun mot dans votre livre, vous avez trop la connaissance du cœur humain, vous êtes trop éclairé pour ignorer que le luxe est dans la nature de l'homme qui peut s'en procurer les douceurs, que plus un objet est rare et chèr, plus il est estimé par l'homme riche, que si Michel Ange, Raphaël ou David, n'avaient fait chacun qu'un seul tableau, les rois l'auraient mis au prix d'une province.

Direz-vous que parmi les objets que je viens d'indiquer comme pouvant être imposés, il en est qui ne seraient pas d'une grande ressource pour le fisc; mais pourquoi négligerait-on les petites recettes, puisqu'on tient tant aux petites économies? Ne voyons-nous pas tous les jours l'Assemblée nationale dépenser beaucoup de temps et de belles paroles pour obtenir des économies de deux ou trois mille francs, et opérer sur les traitemens ce grivellement indigne d'une grande nation et qui, certes, ne comblera pas le déficit du trésor? D'ailleurs, plus on augmente le nombre des rayons de la lumière, plus sa diffusion est complète.

Tout ce qui précède peut se résumer en peu de mots; votre ouvrage, Monsieur, coupera la tête de l'hydre, nous devons l'espérer; ce que je propose l'empêcherait de renaître, en paralysant les membres dont l'action lui est indispensable, et notre société, pour se conserver, ne se trouverait plus dans la triste nécessité de combattre des rêveurs qui croient si facile de convertir 35 millions d'Athéniens en autant de Spartiates.

Mais il serait encore possible, quoique je ne le

pense pas, que les moyens que je viens d'indiquer ne fussent pas suffisants pour établir l'égalité proportionnelle entre la fortune mobilière et la fortune immobilière; on devrait dans ce cas, instituer une nouvelle cote personnelle proportionnée aux cotes somptuaires et progressives; c'est-à-dire qu'il serait dressé un rôle unique, indépendant de celui des contributions directes, qui ne comprendrait plus que la foncière, les patentes et la personnelle ordinaire séparée de la mobilière et fixée une fois pour toutes, à ce qu'elle est aujourd'hui; sur ce rôle séparé on porterait la contribution des portes et fenêtres, la mobilière, l'impôt progressif sur les grosses cotes foncières et sur le revenu, enfin les taxes somptuaires. L'ensemble de ces divers impôts formerait une nouvelle cote qui servirait de base à cette nouvelle personnelle que la loi des finances fixerait annuellement au 5.ᵉ, au 10.ᵉ, au 20.ᵉ, de cette cote, suivant les besoins du trésor. Alors seulement on aurait la proportionnalité de l'impôt.

Quelle que soit la position de l'homme, riche ou pauvre, éclairé ou ignorant, la nature l'a doué de l'instinct du bien et du mal, du juste et de l'injuste; l'absence de cette proportionnalité irrite le pauvre qui la devine plus qu'il ne peut l'expliquer, et le prédispose aux effets des mauvaises passions. S'il voyait qu'on s'occupât de lui, s'il voyait tourner à son profit la prime d'assurance demandée aux riches pour leur garantir la jouissance des douceurs que la fortune leur procure; s'il était convaincu que les institutions non-seulement lui permettent, mais encore lui facilitent les moyens de le devenir lui-même, et que s'il ne l'est pas, c'est parce que la nature l'a mal doté, ou que ses parens n'ont pas pu ou su le mettre sur la voie de la fortune, ou que lui-même a manqué des qualités essentielles pour s'élever ; il subirait son sort avec résignation et ne pourrait regarder l'insurrection comme un droit. Le système que je propose n'a pas d'autre but, et pour le compléter, je voudrais que l'homme véritablement nécessiteux fut affranchi de toute espèce de contributions *directes*, sauf à augmenter les droits de consommation. Ainsi toutes les cotes foncières au-dessous de 5 fr. pourraient être totalisées par département et réimposées pour l'exercice suivant sur les cotes supérieures à 1,000 fr. On devrait surtout supprimer la cote personnelle telle qu'elle existe aujourd'hui, et qui est le plus inique des impôts, puisqu'il est en quelque sorte, le prix de l'air qu'on respire. S'il est un droit que l'homme apporte en naissant, c'est bien celui de vivre ; est-il juste que celui qui vit dans les privations du produit de ses sueurs, le paie aussi cher que celui qui vit dans l'opulence et l'oisivité ? La suppression de cette taxe eut été plus sage que la réforme postale, qui ne profitera qu'aux riches (en France le pauvre écrit peu) et sera pour les patentables qui supportaient les 9ı10.ᵉ de ce produit, un acte de munificence de la République. Pour les uns, cette réforme équivaudra à un dégrièvement de leurs patentes pour d'autres, de toutes leurs contributions ; enfin, un assez grand nombre, et ce sont les plus riches, y trouveront, en outre, une espèce de pension annuelle, puisqu'on voit partout des patentables qui paient cinq et dix fois plus en ports de lettres que le montant de leurs contributions. Or, ces Messieurs n'en écriront pas une lettre de plus, car jamais patentable n'a négligé une affaire pour économiser un port de lettre. D'ailleurs, cette dépense était comptée dans les chances de l'industrie et retombait sur le consommateur.

J'ai eu l'honneur de vous dire, en commençant cette

lettre, que j'étais aussi partisan des bons hypothécaires et que j'éprouvais le besoin de vous dire quelques
mots au sujet du discours par lequel vous avez donné
le coup de grâce au projet Turck et Prudhomme; je ne
prétends pas défendre ce projet, mais il consacrait le
principe du crédit foncier, fondé sur l'émission des
bons ou cédules hypothécaires, comme celui de la
société de la banque nationale immobilière amendé par
MM. Dessauret et Teste, et c'est ce principe seul
que j'aurais voulu voir triompher et qui eût triom-
phé, je crois, s'il eut été mieux présenté et surtout
mieux défendu. Mais revenons à votre discours! Vos
nombreux admirateurs vont s'écrier, ô blasphème!
Si je prononce les mots d'exagération ou de subtilités
oratoires; mais, Monsieur, comment faire autrement
quand il s'agit de les démontrer? et la preuve de la faiblesse de la cause que vous aviez à défendre, ne peut-
elle se trouver dans la nécessité où vous vous étiez mis
d'y avoir recours en acceptant cette tâche, vous, si ha-
bitué aux triomphes de la tribune par la seule puissance de votre esprit, de votre raison et de votre logique?

Vous dites, Monsieur, *que c'est calomnier les assignats que de les comparer aux bons hypothécaires*, et
vous ajoutez: *ce que vous proposez, c'est l'assignat
moins le gage, moins la nécessité, moins l'utilité
publique.*

J'avoue que je ne croyais pas possible que les assignats fussent calomniés, pas plus que l'échafaud.
quant aux gages qui les garantissaient, me feriez vous
le plaisir de me dire à quoi ils ont servi aux familles
qui, conmme certaines que je connais, ont été rui-
nées par le remboursement de leurs capitaux avec des
assignats dépréciés, et que les persécutions, la crainte

dé paraître riches, autant que leurs scrupules, tenaient éloignées du marché des biens nationaux? Les bons hypothécaires, au contraire, dus par des emprunteurs volontaires et non par l'Etat, qui n'en garantirait que la sincérité, parce qu'ils circuleraient sous son patronage, qui seraient hypothéqués sur des propriétés valant le double, qui auraient toute l'importance et les priviléges attachés à une obligation notariée, qui, par un simple protêt administratif et quelques affiches, pourraient amener l'expropriation des souscripteurs, auraient nécessairement la même valeur conventionnelle que le numéraire et, dans aucun cas, n'auraient à subir une dépréciation semblable à celle des assignats qui ont ruiné tant de familles, ils pourraient défier la banqueroute générale du trésor, et si on en émettait pour une somme exagérée, cette exagération pourrait avoir d'autres inconvéniens, mais n'en diminuerait pas la valeur. Voilà pour le gage, parlons de la nécessité et de l'utilité plublique.

Une émission de trois ou quatre milliards de bons hypothécaires, c'est-à dire un prêt facultatif de cette somme, fait par l'Etat aux propriétaires, qui lui en serviraient l'intérêt à raison de 3 0\0, ferait entrer annuellement 90 ou 120 millions dans le trésor; vous ne direz pas qu'ils y seraient inutiles, et puisque jusqu'à présent on n'a pu trouver nulle part une ressource aussi importante, n'y a t-il pas là une première nécessité? Mais il en est une autre bien plus grave, bien plus digne de fixer l'attention des hommes d'Etat, et de devenir le sujet de vos méditations; je suis surpris qu'elle ait échappé à votre sagacité. Le numéraire en circulation peut avoir doublé en France depuis 89, j'en conviens; mais les besoins de toute espèce ont centuplés; il n'y a plus de proportion entre la production industrielle ou agricole, et les moyens de l'obtenir ; on est forcé d'avoir recours aux emprunts, aux valeurs de circulation et de crédit, dont l'exagération forcée est pour beaucoup dans l'enchaînement des évènements qui amènent la cessation du travail, et par suite l'aggravation de la misère, les insurrections en facilitant aux perturbateurs les moyens de trouver des auxiliaires dans les masses qu'ils égarent, et qui seraient sourdes à leurs provocations si elles travaillaient. Il s'agit donc, moins de remplacer le numéraire par la création des bons hypothécaires que de diminuer la nécessité d'avoir recours aux valeurs de circulation et de crédit, qui font défaut à chaque crise politique et donnent lieu à tant de sinistres commerciaux, dont on ne peut plus se passer pour obtenir la production de tous ces objets devenus indispensables pour satisfaire à tous les besoins du nécessaire, du confortable, et du luxe, besoins nés de l'augmentation du bien-être depuis 89, et auquel participent toutes les classes.

Sans le régime républicain, les causes de pertubation, de crises politiques seront bien plus fréquentes que sous le régime monarchique ; or, les crises politiques étant toujours suivies de crises commerciales et financières, et ces dernières produisant infailliblement la cessation du travail, il y a nécessité de faire disparaître les causes de ces dernières, puisqu'on le peut, c'est le seul moyen d'ôter aux premières la plus grande partie de leur importance. La loi la plus sage n'est pas celle qui punit, c'est celle qui prévient.

Mais, dites-vous, avec la sécurité renaîtront la confiance et le crédit ; détrompez-vous ; la sécurité qui pourra naître de l'observation sincère de nos institutions, sera long-temps très-précaire, elle durera tou-

jours moins de temps qu'il n'en faudra aux fauteurs
de désordres pour fomenter de nouveaux troubles.
Regardez plutôt la diminution constante du porte-
feuille de la banque, la liquidation d'un si grand
nombre de banquiers qui échangent autant qu'ils le
peuvent leurs valeurs de circulation et de crédit,
contre des inscriptions hypothécaires; les difficultés
qu'éprouvent les industriels pour négocier leurs valeurs, les sacrifices que leur imposent les rares pre-
neurs, la nécessité de ne plus traiter qu'au comptant.
Or, comment produire, avec une somme de numéraire
aussi faible que celle qui reste en circulation, pour
autant de milliards d'objets qu'il en faut chaque mois
pour alimenter les besoins, je ne dirai pas du luxe,
mais seulement du nécessaire? La création des bons
hypothécaires répondrait à toutes ces difficultés, et ces
bons n'ayant que la valeur conventionnelle et non in-
trinsèque du numéraire, on serait bien moins porté
à les cacher dans les temps de crises. La rareté de
l'argent ne serait plus une entrave pour les transac-
tions commerciales.

Cette question mal présentée, encore plus mal soute-
nue, et surtout attaquée par vous, Monsieur, ne pouvait
que succomber, mais elle sera reproduite, je n'en
doute pas, et si j'avais l'honneur de siéger à vos côtés,
ce serait par moi, je ne crains pas de l'annoncer.
Mal comprise par la majorité des habitués de la
bourse, elle avait produit la baisse des cours des rentes,
quand c'eût été tout le contraire qui aurait du arriver;
car, n'est-il pas évident que les capitalistes, qui auraient
été remboursés en bons hypothécaires de leurs capitaux placés sur obligation, n'eusssent eu rien de
mieux à faire que de les reporter sur les valeurs publiques ou sur la propriété. La création des bons

hypothécaires est donc nécessaire, elle est d'une utilité publique.

Vous attribuez l'infériorité de l'agriculture française comparée à l'agriculture anglaise, à ce que, dites-vous, la première supporte 283 millions *de plus* que la seconde. Cette assertion ne me paraît pas d'une exactitude parfaite; d'abord, parce que l'agriculture française ne supporte pas 283 millions d'impôts et qu'il faut en ôter un quart environ pour la propriété bâtie; ce qu n'en laisserait que 212 pour l'agriculture. Or, la sur face des trois royaumes n'étant que du tiers de celle de la France, si la propriété en Angleterre était imposée dans la proportion de ce qu'elle est en France, elle n'aurait à supporter que le tiers de 212 millions, c'est-à-dire 71. Mais il y a mieux encore; à l'époque où Pitt supprima la contribution foncière en Angleterre, elle n'était en France que de 210 millions pour 103 départements, ou seulement 168 pour les 86 qui nous restent. Otons-en un quart, 42 millions pour la propriété bâtie, il reste 126 pour l'agriculture, c'est-à-dire 42 seulement pour l'Angleterre dans la proportion de sa surface. Croyez-vous que 42 millions d'impôts fonciers pour la surface des trois royaumes, possédée par des grands seigneurs, dont quelques-uns ont plus de 42 millions de fortune chacun, et surtout des revenus mobiliers vingt fois plus forts que leurs revenus en immeubles, eussent empêché les progrès de l'agriculture ? Vous ne pouvez le penser ; et Pitt était trop aristocrate pour n'avoir pas d'autres motifs pour opérer cette suppression. Ce n'est donc pas l'impôt foncier qui est un obstacle au progrès de l'agriculture en France, c'est l'insuffisance des capitaux et on ne saurait trop lui en procurer à bon marché.

Sans constater ce que vous dites, au sujet de la

banque, je crois devoir y faire quelques observations. La banque n'est qu'un établissement particulier, dont les intérêts ne doivent pas primer sur les intérêts généraux. Si la diminution de la circulation des valeurs de crédit, produisait les heureux effets que j'ai signalés sur le travail et la tranquillité publique, il y aurait lieu de se réjouir au lieu de s'affliger de l'abaissement du cours de ses actions, causé par la diminution de ses escomptes, et, par conséquent, de ses bénéfices. Qu'importe à la prospérité publique que ses actions primitivement de 1,000 fr., soient à 3 ou 4,000 ? Mais ses escomptes ne sont pas l'unique source de ses bénéfices, il en est d'autre qui pourraient lui suffire. La véritable cause de sa résistance, à l'émission des bons hypothécaires, ne serait-elle pas dans le luxe de son état-major, qui ne serait plus en rapport avec les avantages qu'elle offre à ces actionnaires ? Si elle se croyait obligée de liquider, ne pourrait-elle pas être avantageusement remplacée par une banque nationale, qui rendrait les mêmes services et se contenterait de bénéfices moindres ? D'ailleurs, dans le cas de la grande catastrophe que nous avons à conjurer, ne serait-elle pas entraînée dans le nauffrage général, elle et le gage de ses billets ?

Vous paraissez craindre d'encourager la passion du petit cultivateur pour la propriété et d'en favoriser le morcellement. Si je n'avais lu que ce passage de votre discours, Monsieur, ma confiance dans vos lumières est si grande, que je croirais être dans l'erreur, en professant une opinion contraire ; mais puisque j'ai entrepris la difficile tâche de chercher à vous amener à tirer de vos principes économiques, les conséquences que j'en tire moi-même, il faut bien que j'avoue que, sur cette question, mon opinion diffère de la vôtre. Je crois qu'on doit favoriser la division des propriétés et l'accès à toutes les positions qui peuvent être conquises par l'intelligence, parce que l'application sincère de ces deux principes complètent la révolution de 89, qu'on ne peut les entraver ou les détruire sans en provoquer une nouvelle ; que c'est à eux que la classe moyenne doit son importance ; que c'est cette classe moyenne qui sauve aujourd'hui et sauvera toujours notre organisation sociale des effets de l'ambition hypocrite de tous les utopistes présents et futurs, et qu'à ce titre on ne saurait trop faire pour augmenter sa force.

Vous dites que le vrai papier-monnaie, c'est celui de la Russie, et au nombre des raisons que vous en donnez, vous citez son émission graduelle ; mais qui empêcherait que nos bons hypothécaires ne fussent émis que peu à peu, en n'autorisant leur souscription que par des propriétaires pouvant offrir la garantie d'immeubles libres de toutes hypothèques ou ne pouvant être remboursées ? En limitant la proportion de la valeur de l'immeuble avec la somme empruntée , en fixant un maximum de cette somme pour chacun , etc. ?

Vous croyez que ces bons seraient repoussés par les étrangers, qu'ils causeraient au trésor un déficit égal à leur dépréciation ; mais je viens de vous démontrer que dans aucun cas, même dans celui de la banqueroute générale, ils ne subiraient aucune dépréciation.

Vous défiez de trouver dans l'histoire un seul pays où il y ait eu insuffisance de numéraire pendant plus de deux mois ; mais, Monsieur, vous ne vous êtes aperçu qu'au moment où vous prononciez ces paroles, l'insuffisance du numéraire se faisait sentir en France depuis sept mois et demi ; qu'elle dure encore et durera probablement aussi long-temps qu'un Robert Peel n'aura pas fait sortir nos finances de l'ornière de la routine. Vous dites *que le numéraire ne manque pas, mais qu'il se retire;* cette retraite ne produit-elle pas l'insuffisance? A quoi nous servirait tout l'or du Pérou ou de l'Oural, s'il était enfoui dans les caves de nos capitalistes? Pensez-vous que les révolutions qui bouleversent l'Europe entière ne sont pas assez radicales pour déjouer tous les calculs des conjectures assises sur l'expérience d'un passé si différent du présent et dont il serait si dangereux de provoquer le retour? Faut-il qu'elles le deviennent davantage? Le système que vous défendez nous y conduira.

Vous n'êtes pas novateur, dites-vous, c'est selon moi, une calamité publique, car personne mieux que vous ne pouvait, à l'exemple de Robert Peel, faire triompher les changements qui sont devenus nécessaires par le seul effet de la différence que je viens de démontrer, et que l'observateur le plus vulgaire ne peut se dispenser de reconnaître, entre ce qu'était les fortunes publiques et privées aux jours dont nos lois fiscales portent la date et ce qu'elles sont aujourd'hui. Or, ces changements peuvent se résumer en peu de mots :

1.° Etablir, autant que possible, l'égalité proportionnelle entre la fortune immobilière et la fortune mobilière dans la répartition des charges publiques, et, à cet effet, étudier et reconnaître tous les signes qui révèlent l'existence des capitaux pour les atteindre partout où ils se trouvent ;

2.° Reconnaître la nécessité de fonder le crédit foncier par l'émission des bons ou cédules hypothécaires qui, sans compter les bons effets que j'ai déjà signalés pour l'agriculture, le commerce, l'industrie, le travail et la tranquillité publique, auraient encore celui d'atteindre les capitaux en les dépréciant, d'augmenter la valeur de la propriété et celle de ses productions en augmentant la consommation dans la proportion de la prospérité publique.

L'adoption de ces deux principes est la première nécessité de notre époque, en résolvant la question financière, elle applanirait toutes les difficultés politiques et gouvernementales, et rendrait bientôt possible le dégrèvement de quelques impôts qui pèsent sur la France. Pour compléter notre régime financier, il nous resterait à introduire dans notre système de crédit public, les modifications devenues nécessaires par les mêmes causes que celles que je viens d'indiquer pour démontrer que l'assiette et la répartition de nos impôts doivent être changés. L'augmentation de la fortune publique est bien plus sensible entre les mains de la classe moyenne que dans celles des sommités aristocratiques ou financières, malgré les quelques grandes fortunes qu'on remarque dans cette dernière, et qui font tant d'envieux. Or, cette classe moyenne, soit par l'effet de la distance à laquelle elle se trouve du temple du crédit, distance qui ne lui permet pas de faire elle même ses propres affaires, soit à cause des entraves qu'elle éprouve, reste presque étrangère aux mouvemens de la bourse, ou n'y prend part que dans une bien faible proportion eu égard à son importance. On devrait, au contraire, tout faire pour l'y associer et pouvoir s'adresser à elle *directement* quand on a besoin de faire un emprunt. C'est vers ce but que tendraient les changemens que je crois nécessaires pour mettre notre système de crédit public en harmonie avec les besoins de notre société renouvelée par l'application depuis 60 ans des principes qui ont produit la révolution de 89. Ces changemens, je crois pouvoir les indiquer aussi , mais ne serait-ce pas prêcher dans le désert, ne serait-ce pas un acte de folie de la part d'un petit financier de village, sans autre appui que sa raison , de chercher à prouver qu'on peut arriver à de bons résultats, en sortant de l'ornière de la routine et en dérangeant les combinaisons de l'agiotage si favorable à l'aristocratie financière , si fatale aux téméraires qui croient pouvoir si faire admettre ?

En France, nous sommes experts en révolutions politiques , mais nous n'entendons rien à ces révolutions financières, qui prolongent si efficacement l'exisﾗtence et la prospérité de nos voisins d'outre-mer. Nos Crésus, satisfaits et grands partisans du *statu quo*, ont jusqu'à présent lutté avec succès contre tout changement qui dérangerait leurs combinaisons égoïstes , dans leur aveuglément ils ont préféré tout risquer que de payer une légère prime pour assurer leurs positions , sans s'apercevoir qu'ils servaient les passions de nos Brutus, qui ne voient la réforme financière que dans le pillage. Qu'ils y prennent garde, peut-être ne sommes nous pas loin du moment où il ne sera plus temps pour eux d'ouvrir les yeux ! Hé, quoi ! Après 60 ans de perturbations , après des changemens aussi radicaux, que ceux qui se sont produits dans tous les éléments de notre organisation sociale , dans les fortunes, comme chez les individus, quand ces changemens sont arrivés au point de transporter l'exercice de la souveraineté du château des Tuileries , dans la cabane du charbonnier , il ne serait pas temps encore de sortir de l'ornière, et d'introduire dans notre régime fiscal, les modifications qui, seules , peuvent nous sauver ? Si votre hôtel brulait par un beau jour, Monsieur, attendriez-vous l'orage pour l'éteindre?

Si j'étais roi de France, disait le grand Fréderic, on ne tirerait pas un coup de canon en Europe sans ma permission. Le suffrage universel vient de faire autant de rois en France qu'il y a de citoyens, et si l'installation du nouveau président devient, comme nous devons l'espérer, le signal de la réconciliation de tous les partis, le peuple Roi pourra réaliser la pensée du Grand-Homme. Mais, avant tout, il faut régénérer nos finances, il faut que tous les prétendans puissent venir revendiquer leur part de souveraineté, non en vertu du droit divin, mais en vertu du suffrage universel, et qu'ils se persuadent bien que s'il est vrai que nous soyons trop égoïstes, trop épicuriens pour être de vrais républicains, il ne l'est pas moins que nous sommes tous plus ou moins démocrates, que le suffrage universel est incompatible, non-seulement avec le droit divin, mais même avec l'hérédité du pouvoir, et que si par l'effet d'une intrigue ou l'enivrement causé par une popularité éphémère, l'un d'eux pouvait réussir à trôner encore aux Tuileries, il ne pourrait léguer sa succession à sa race, et son règne à lui ne serait pas long s'il ne gouvernait démocratiquement. Mais n'oublions jamais que nous serions redevables d'un état de choses aussi séduisant, aux conséquences de la révolution de 89, qui nous a valu, sur les autres peuples de l'Europe, 60 ans d'avance dans la marche du progrès social, et a produit l'importance de cette classe moyenne dans laquelle se personnifie la nation entière, puisqu'elle comprend depuis l'homme qui a acheté sa première parcelle du produit de ses sueurs, jusqu'à celui qui par son travail, son intelligence ou les hazards de la naissance, possède une fortune importante, dont la jouissance lui est garantie par la puissance conservatrice de cette classe moyenne.

Avant de terminer, j'éprouve le besoin de dire quelques mots aux lecteurs qui jusqu'à présent ont cru que je faisais du communisme ou du socialisme, parce que depuis long-temps je prêche les impôts progressifs et somptuaires et les bons hypothécaires. Je crois aujourd'hui les avoir convaincus que je ne demande ces mpôts que pour produire la véritable proportionnalité des charges publiques, celle qui a pour but d'atteindre les fortunes *réelles*, toutes également garanties par les institutions sociales. Je n'avais pas besoin de lire votre ouvrage, Monsieur, pour être convaincu que le communisme était un non sens. Suivant les apôtres de cette doctrine, nous devrions renoncer au droit social fondé sur les besoins que Dieu a imposés à l'homme, pour ne reconnaître que le droit naturel qui est celui de la force, et nous n'aurions plus qu'à nous incliner devant la majesté du tigre et du lion. Le véritable droit naturel de l'homme, en raison de sa faiblesse individuelle qui l'oblige de vivre en société, c'est la loi, aujourd'hui l'œuvre de tous, qui limite les droits, en même temps qu'elle impose des devoirs à tous ceux qui l'ont faite sans distinction. Ce n'est qu'en s'inclinant devant elle, sans arrière-pensée, qu'on peut se dire vraiment bon citoyen et patriote ; quant à moi je l'étais sur les bords du Niémen comme sur ceux du Tage, quand je versais mon sang pour mon pays aux cris de *vive l'Empereur* ; je n'ai jamais cessé de l'être et je le serai jusqu'à mon dernier soupir ; mais je ne suis pas plus que vous, Monsieur, républicain de la veille, quoique comme vous, je le sois du lendemain, c'est pourquoi, je ne termine pas par la formule en usage chez les premiers et vous prie de croire à la sincérité de ma

déférence par votre caractère et votre esprit comme
à tous les sentimens distingués avec lesquels,
   J'ai l'honneur d'être,

   Monsieur,

   Votre tout dévoué serviteur,

SOULLIER,

Ex-Receveur des Finances à Uzès.

Nimes, Typographie A. Baldy et Comp., rue Sainte-Ursule, 1.